KB170169

독고 2

독고 2

2

민 글
백승훈 그림

뒷얼굴

4809
야. 가서
문 열어주고 와라.

어서 와.
어쩐 일이야?

너 고생하는 거
피로도 풀어줄 겸. 파티지.
고생은 무슨.
여기서 담배 피워도 돼?

이거? 담배 아니야.

대마야.
그런 거 걸리면 방어 못 해줘.
큭큭큭. 뭐 걸릴 일이 있겠어? 너도 한 대 할래? 이거 네덜란드에선 불법도 아니야.
됐다.

저기 저
오빠한테 가.
오빠아… 안녕하세요?
여기 앉아요.
이거야 원.
뭐 하는 애들이야?
뭐 하는 애들이긴?
돈 주면 오는 애들이지.
얘들 오늘 하룻밤 쓰는 데 들어간 게
우리 회사 대리 월급보다 많아.
사원들이 알면
뒤집어지는 거 아니냐?

어쩔 거야? 억울하면
이렇게 태어나든가. 그리고 나 같은 사람이
돈을 써야 경제가 돌아가지. 안 그래?
하긴. 네 말도 맞다.
얘들도 오늘 받은 돈 등록금에
보태고, 알고 보면 상부상조하는 거지.
머리도 엄청 똑똑해. 명문대 출신이야.

쟤는 네 후배일걸?
똑똑한 애들이 이런 걸로 돈을 버는 세상이라… 이러니 매일 시위인가 봐.
야. 진짜 재밌는 이야기 해줄까?
응?

없는 놈들은 지가 못나서 없이 사는 건데 정부 탓을 한다? 그래서 정권 바뀌면 세상이 좀 더 좋아질 거라고 생각하거든?
근데 정권이 바뀌어도 가난한 놈들은 계속 가난하다?
어떻게 구분하는데?
그런 놈들 어떻게 구분하는지 알아?
얼굴책에 지 이야기 하나 없고 매일 정치 이야기 올리거나 지 새끼 자랑하는 놈들.

지 인생은
이제 희망이 없는 놈들이
자식 자랑이나 하고 살더라고.
지 새끼 지한테나 이쁘지
남들 눈에 뭐가 이뻐?
근데 새끼 자랑하는 거에다 대고
그렇게 답글 달 수는 없잖아. 좋은 말만
계속 해주니까 진짜 예뻐해주는 줄 알고
매일 새끼 자랑만 올리는 거야. 왜?
지 인생은 자랑할 게 없으니까.

맞아. 그런 사람들 진짜 구려. 자기가 얼마나 한심하게 살면 그러나 싶어.
돈이 아무리 많아도 새끼 자랑으로 도배되어 있으면 그건 끝난 거야. 자기한텐 무기가 없다는 거거든.
이런 놈들이랑 거래하면 안 돼.
그러고 보니 나 아는 애 맨날 정치 이야기만 올려요. 아주 그냥 열사 나셨어, 열사.
인터넷 정의의 사도들 특징이 뭔지 알아?
알고 보면 돈 좋아하는 거?

아니, 지들도 깨끗하지 않다는 거야.
근데 지들은 엄청 깨끗한 척 착각해.
뭔 소리야? 오빠.
시장에 11평짜리 가게를 낸 놈을
내가 아는데 구청에 신고는 4평 들어갔어.
세금 아끼려고.
그런 종류 이야기는
내가 할 말이 많을 것 같네.
내가 아는 주유소가 있는데 여기 직원들
전부 장부 조작해서 조금씩 떼먹어.
웃긴 건 말이야.
그 주유소에 하루는 어느
택시 회사에서 찾아왔대.
앞으로 여기에서만
기름 넣을 테니 회사 야유회 하는데
찬조하라고.
그런 도둑들은 기업에는
늘 있어. 그래서?
대박. 깬다, 진짜.

규모가 작아서 그렇지
바닥에 사는 놈들도 비리 천국이야.
알바비 떼먹는 놈, 다운 계약서 작성하는 놈,
금연 구역에서 담배 피는 놈, 신호위반은
너무 흔해서 잘못인 줄도 모르지.
내가 하고 싶은 말이 그 말이다.
역시 넌 말이 통해.

그런데 그런 놈들이
세상을 향해서는 정의로운 척하거든.
그러니 세상이 바뀔 리가 있나?
자기가 못 가진 걸 화풀이하는 놈들인데.
정의가 아니라 사실은 증오거든.

야, 태성아. 그럼 그 바닥들을
어떻게 끌고 가야 하는 거냐? 요즘
노조원 한 명 땜에 머리가 아파.

가지게 해줘.

응?

말했잖아. 정의로운 척하지만
사실상 못 가져서 화풀이하는 거라고.
그러니 힘을 가지게 하고 권력을 주고
돈을 주고 신뢰를 줘.

그래도 말을 안 들으면?

가끔 그런 놈들이 있지. 진짜 순수하게 정의를 위해 싸우는 애들. 그러면 그런 놈보다 아래 직급 사람한테 힘을 줘.
으흠…
위도 상관없어. 잘난 놈 싫어하는 건 이 나라 종특이니까 사실 아무나 상관없겠네. 적당히 주변인들만 전부 챙겨.
그런 걸로 효과가 있을까?
아마 한 날 정도 지나면 다들 이렇게 말할 거야.
"지가 진짜 잘난 줄 아나 봐."
"너무 설치니까 보기 좀 그렇다."
"아니, 도대체 왜 저런대? 진짜 시끄러운 사람이네."
"아… 불편해."
그렇게 여론이 형성되면 스스로 사표를 쓸 거야. 그런 인간들이 못 견디는 게 동료라고 믿었던 사람들에게서마저 외면당하는 거거든.

음.
네가 먼저 나서서 해고할 필요가 없어.
견디지 못해 자리를 박차고
나가게 만들면 아무 문제가 없어.
촌스럽게 책상 빼기 같은 건 하지 말고.
그거 법으로 가면 불리해.
역시 널 만나길 잘했다.
시간을 갖고 말려 죽여라?
근데 오빠들 말하는 거
좀 무섭다.
빙고.

돈 많이 버는 게 꿈인 나라에서 돈 가진 사람들이 뭘 못 하겠어? 결국 오너가 가지고 노는 대로 움직이는 거지.
그러다가 변수가 튀어나오면? 변수가 있을 거 아니에요?
변수? 거지들한테 변수란 게 그렇게 많지 않아.

야. 1호. 우유 사 와라.

…

만약 변수란 게 있다면…

야. 안 들리냐?
귀 뚫어줘?

탕

표정 봐라?
이 새끼가…?

연희 봤다.

나 자꾸 괴롭히면
연희한테 이른다?
그 변수마저 제거해야지.
이… 이게?

매주 일요일마다
봉사 나가기로 했다.
나 연희랑
점점 친해질 텐데?
왜 나한테
그러는지 모르겠다만
너도 여기가 마지막 기회고
나 역시 그래.
...
...
솔직히 이 학교
전부 꼴통만 모인 곳 아니냐?
그래도 설치는 놈은 너밖에 없다.
왜 그러겠냐?

연희 생각해서 이 정도에서 친하게 지냈으면 하는데?
너…
어쩔 수 없지. 그럼 연희한테…
야!
왜?
마…
말하지 않을 거지?

그 녀석 꽤나 단순하네.
물론이다.
아… 씨. 약속했는데.
무슨 약속?
넌 몰라도 돼. 그럼 그냥… 아니… 아니야.
그럼 이야기 된 걸로 알고 있을게.
야!
왜?

너… 가끔 괴롭힘 당하는 척은 해라.
어쭈?
이건 뭔 소리?
네 뒤에 누가 있네?
그냥 그러기만 하라고.
가끔은.

누군지 알 것 같다만.

거더 트
달래 영토

어서 와.

얘기 계속하자. 까는 건 좋은데
나중에 문제 생기면 어떡해?
푸른이 까도 걱정할 게 없어.
걔가 부모가 있냐? 돈이 있냐?
돈도 없고 빽도 없어.

거기다 무식해서 뭘
어떻게 해야 하는지도 몰라.
그런 시키가
무슨 회장을 한다고.

푸른이가 좋은 건
발라도 뒤탈이 없다는 거야.
보호자가 없잖아.
누가 푸른이를 위해서 대신 싸워줘?
경찰에 누가 신고할 거야?

사람도 한 명 죽인 놈이니까
솔직히 까도 양심에 찔리지도 않잖아?
맞잖아? 내 말 틀려?

그럼 우리가 정의의 사도네.
그렇다니까?
독고랑 붙이게 한다더니?
야. 여섯 학교 짱이 모였는데 그럴 필요가 없잖아.
하여간 나쁠 건 없네.
빨리 잡자. 기고만장하는 꼴 못 보겠다.
나 평일은 야자해야 된다.
아… 재수 없는 새끼.

밤 12시 넘어서 연경공원.

평일.

거기 12시 넘으면
사람 안 와. 죽이지 않냐?
우리끼리 잡는 거야?
미쳤냐?
우리가 당하는 건 보는 사람 없이.
우리가 까는 건 보는 사람 많게.
이게 원칙이지.
뭐? 벌써 모았어?
예, 선배. 우선 3천만 원 먼저 모였대요.
이거 가지고 있으면 이 시키들 쓰거든요.

선배가 빨리 받아 챙기세요.
어. 고맙다, 종석아.
진짜 너뿐이다. 고맙다.
애들 몰래 빼돌리는 거라서
좀 조용히 만나야 할 것 같아요.
응, 응.
어디로 가야 되는데?
연경
아… 씨. 뭐야? 야밤에 집합 걸어서 쫄았네.
강희성은 왜 손에 너클 끼고 있는 거야?
몰라. 근데 우리
누구 기다리는 거냐?

옵니다.
어…?
종석이는?
너희 뭐야?
종석이 어떻게 했어?

끅!

시키!
콰
콰지직
아…! 으…
비틀

와… 안 쓰러지네.
짐승은 짐승이야.
끅.

선배. 선배.
종석…?
너… 괜찮…

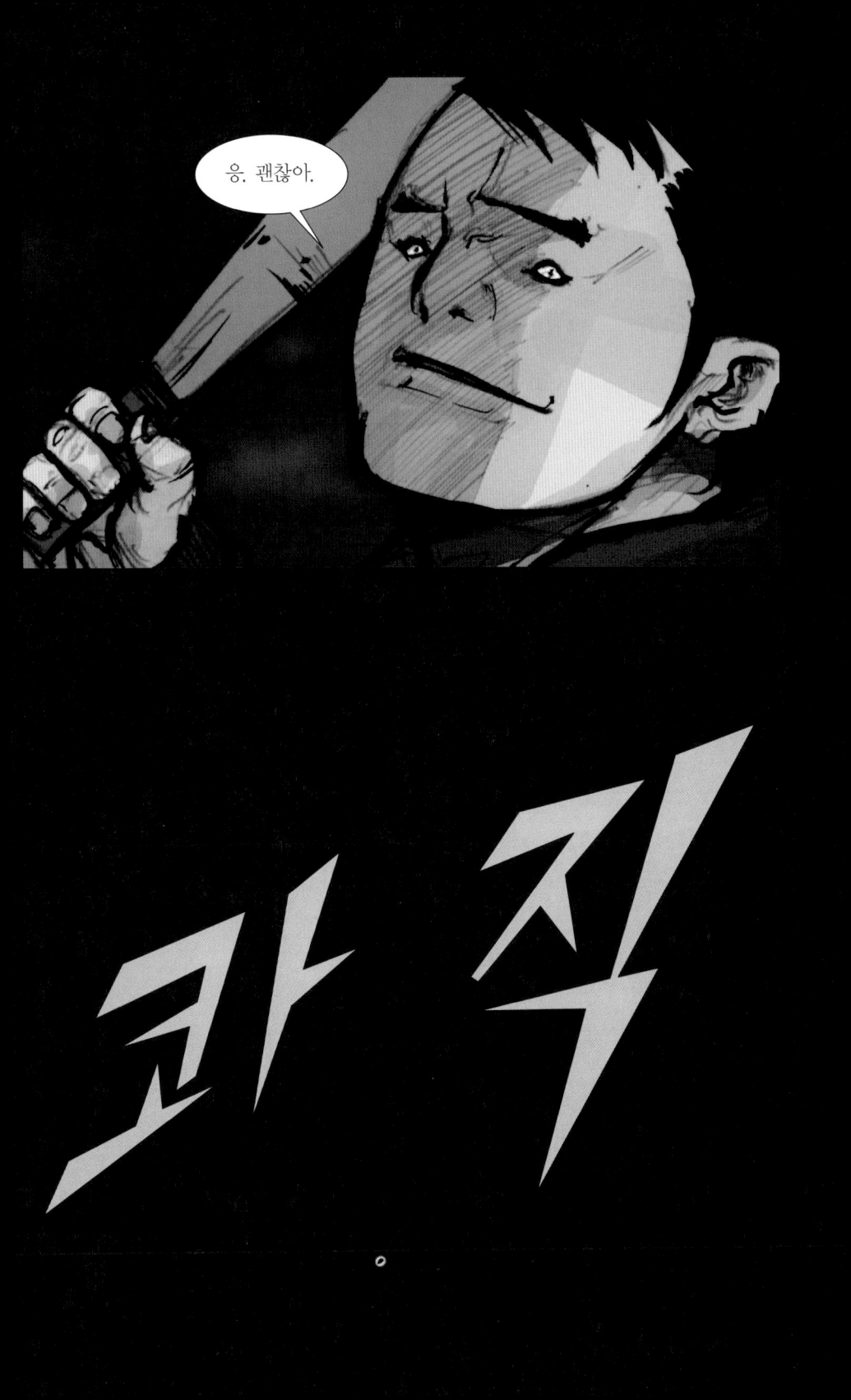
응. 괜찮아.
콰직

콰 직
콰 직
콰 직
퍽
퍼 억
콰 직
퍽
퍼 억

헤드샷!
콰직
빡

비켜봐.
뚝
뻐
뻐
직
뻐

콰
비틀
쿵
콰직

콰직
콰직
콰직
콰직
콰직
콰직
콰직
콰직
쿨럭… 쿨럭…

기습에 다굴하니까 짤없네.
어이. 백돼지.
불쌍해서 어떡해?

뭘 그런 눈으로 봐?
기왕 불쌍한 거 계속 맞자. 응?
...
와 씨. 깜짝이야.
이 새끼 울어. 이거 봐봐.
진짜? 진짜?
대박. 질질 짜는 것 봐.
야. 찍어, 찍어.
키키킥.
찰칵
찰칵
찰칵
찰칵
찰칵
플래시 켜고 찍어.
어두워서 잘 안 나와.

찍은 거
SNS에 올리지 마라.
문제 생긴다.
예!
근데 너 깝치면 올린다?
별거 아니네.
너클 끼고 때리니까 좆도 아냐.
종석이 한 방이 컸지.
처음에 뒤에서 깠잖아.
그것보단 내가 볼 땐 빽이
종석이 얼굴 보고 넋이 나갔어.
배신감 쩔었나 봐.
왜 함부로 사람을
믿고 그러는지 몰라.

나보고 너밖에 없다 할 때 소스라치는 줄 알았어.
야야. 통곡하겠다. 그만해라.
뭐 하냐?
건강해지면 골치 아플 것 같아서 어디 한 군데 부러뜨리려고.
야. 이제 우리 부하로 만들어서 써먹어야지.
필요 없어.
승호. 너 때문에 죽었다.
에이. 그래 네 맘대로 해라.
그쪽 좀 눌러봐.

거기에 비하면
이건 별도 아니야. 그지?
쿨럭…
간단하게 팔뚝만
부러뜨려드릴게.
꾸욱
우드득
끄아아아아아!

안녕하세요.
안녕하세요.
야. 이사님 멋있지 않아? 키도 크고 얼굴도 괜찮고. 매일 음료수라도 줘볼까?
미친년. 좋아하는 티 내지 마. '남교사 여고생 결혼하자고 꼬여 강제로 관계' 이런 신문 기사가 막 떠오르네.

인간이 뭐 이렇게 부정적이야?
너 이상형 뭐야?
키 크고 돈 많고 나만 사랑해주는 남자. 차도 있어야 하고.
그런 남자가 너한테 관심이 있을 것 같아?
내가 뭐 어때서?
오라버니. 하이.

안녕.
요즘 괴롭히는 돼지 안 보이네.
그러게. 학교를 안 나오네.
나 때문에 그런 건 아니겠지. 찜찜하게. 친해지자고 한 게 그렇게 힘들었나?

뭐냐? 너희.
형님. 담배 있어요?
뭐?
없으면 한 갑만 사줘요. 네 돈으로.
헛소리 말고 꺼져.

아이, 우리한테 함부로 하면 안 되는데? 아저씨 나이만큼 처맞아요, 아저씨.
툭
좀 맞자.

이 시키!
콰직

이… 씨발.
데리고 꺼져.
죽어! 개새끼야!

피
익

꺽!

뭐?
어. 철순아. 뭔 소리냐? 애들이 털려?

현덕고한테 털렸단다.
툭
툭
당영고 부짱 박철순
이거 어떻게 해야 되냐?
현덕고? 거기 말만 고등학교지
고등학교 아니잖아.
개꼴통 다 모여 있는 곳 아니야?
툭

그지. 근데 우리가 털렸다는 게 중요한 거지.
서북고연 통일하고 회비 걷기로 하고
아직 첫 회비도 안 모였는데 이래서야 되겠어?

…

야. 야자 마치는 시간 맞춰서
전부 모이라고 해.

주말에 영화 보러 갈래?
데이트 신청이냐?
자리가 비어 있어서.
어.
어? 지금
까겠다는 거야?

일요일마다 봉사 나가.
보옹~사? 진짜루?
응.
그럼 토요일.
어머니 뵈러 가야 돼. 그리고 나 돈 없다. 상거지야.
남녀가 만나는데 돈이 왜 필요해? 없으면 없는 대로 만나는 거지.
뭐?

보아하니 하루하루 사는 거 같은데 소소한 일상도 좀 누려보시지?
네가 어떻게 알아?
신발이 낡았어.
...
입는 거 신는 거 보면 알지. 그래도 돈 들여서 꾸미면 좀 괜찮을 관상인데?
푸른이가 때리는 것보다 얘가 말하는 게 더 아프네.

어때?
소소한 즐거움.
오키?

끼익
요즘은 옥상 닫아놔서
열고 들어오기 참 귀찮아.
열쇠 2학년한테 넘기라니까.
귀찮게 네가 왜 들고 다녀.
됐고.
아침에 현덕고한테
처맞은 놈들 나와.

엎어.
왜…
퍼억
처! 맞고! 다니냐! 왜!
퍼억
끄윽… 죄…
죄송합니다.

현덕 누구야?
그게 이름은 잘.
너희가 밖에서 처맞고 다니면 서북고연 이사회에서 내가!
어휴! 개병신.
퍼억
퍼억
나아가서 우리 학교가! 얕잡아 보이는 거야. 알아?
초기에 약체로 찍히면 회복이 안 된다고.
죄송합니다.

야야. 그만해라.
쟤들이 맞고 싶어 맞았겠냐?
탁
내일 점심 시간까지
그 새끼 이름 알아 와.
알았어?
예!
뭐 하게?
뭐 하긴.
처발라야지.

금지어

용서모태
탁탁

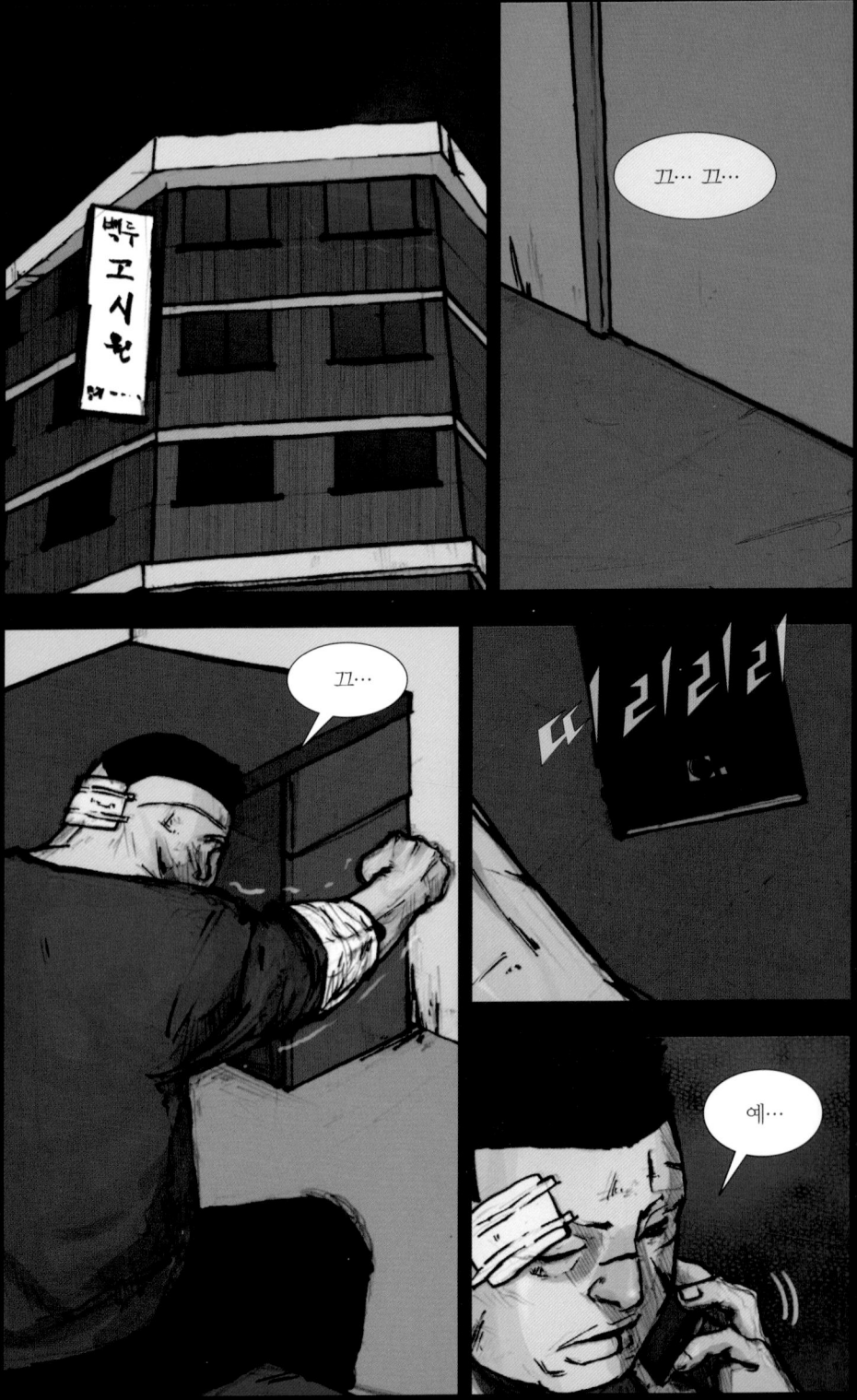
백두
고시원
끄… 끄…
끄…
따리리리
예…

돈이 마련되었다고 해서 기다렸더니 소식이 없군.
죄… 죄송합니다. 선생님. 사정이 생겨서…
너 같이 근본 없는 인간을 믿는 게 아니었는데 말이야. 평생 벌어서 갚는다더니 벌써 펑크나 내고.
정말로 사정이 생겨서.
두고 보자. 오늘은 일단 경고만 한다만 다음엔 찾아가는 서비스로 모실 테니까.

꾸욱
낫기만 하면!
이세운?
응. 애들한테 연락 왔어.
뭐 하는 놈이야?
작년에 태산고에 있었다는데? 재작년에 대전에서 전학 온 놈이고 전학 오기 전에 대전 일진들 전부 초살 냈다더라.

근데 태산고면
이태현 밑에 있었단 거잖아.
그게 실력이 달려서
밑에 있었던 게 아니라
조용히 살고 싶어서 그랬대.
지랄한다.
정면에서 잡으면 위험하고
푸른이 잡을 때처럼 기습 치고
다굴로 밟아버려야 돼.
푸른이 같은 짐승이
그렇게 흔하냐?
그냥 다굴 치면 돼.
그래도 한 도시를 잡고
올라왔다는데 조심해서
나쁠 건 없잖아.
됐고. 애들한테
준비나 하라고 해.

저벅
저벅

야. 너 저 새끼들 알지?
그런데?
서북고연 건드리고 그냥 넘어가면 안 되지.
서북고연? 그게 뭔데?
같이 좀 가자.
뭔가 귀찮은 일에 말린 것 같군.

가자. 두 번 다시 이 근처에 얼씬도 못 하게 만들어주마.
뭐 봐?
무슨 일이 있나 싶어서. 세운이가 다른 학교 애들을 끌고 다니네.

2반 짱이랑 아는 사이?
2반 짱?
개학하자마자 2반에서 짱 먹었다던데?
애들도 아니고 나이 처먹고 짱은 무슨.
어쨌든 토요일 오키? 아직 답 안 했어.
6시부터 피자 배달해야 돼.
낮에 보면 되겠네.
병원 가서 어머니 봐야 돼.
왜?

지금 나 까인 거?
미안. 내가 여유가 없다.
저벅
저벅
…
하아!
이놈의 엄마병.
야! 거기 좀 있어봐.

솔직히 까고 말해서.

현덕고는 예외였어.
특수학교인 데다 나이 많은 꼴통들이
모여 있는 곳이니까.

18-2

…

근데 씨발.
네가 우리 학교를 건드렸네?

…

서북고연을
건드렸어, 네가.

아까부터 이놈 저놈
전부 서북고연이라던데
대체 그게 뭐냐?

이것 봐.
자세가 글러먹었어.

무릎 꿇고 빌어도
모자랄 판에 뭐가 어째?

후우…
하긴 어린애들하고 무슨 대화를.
뭐? 어린애?
야! 밟아!

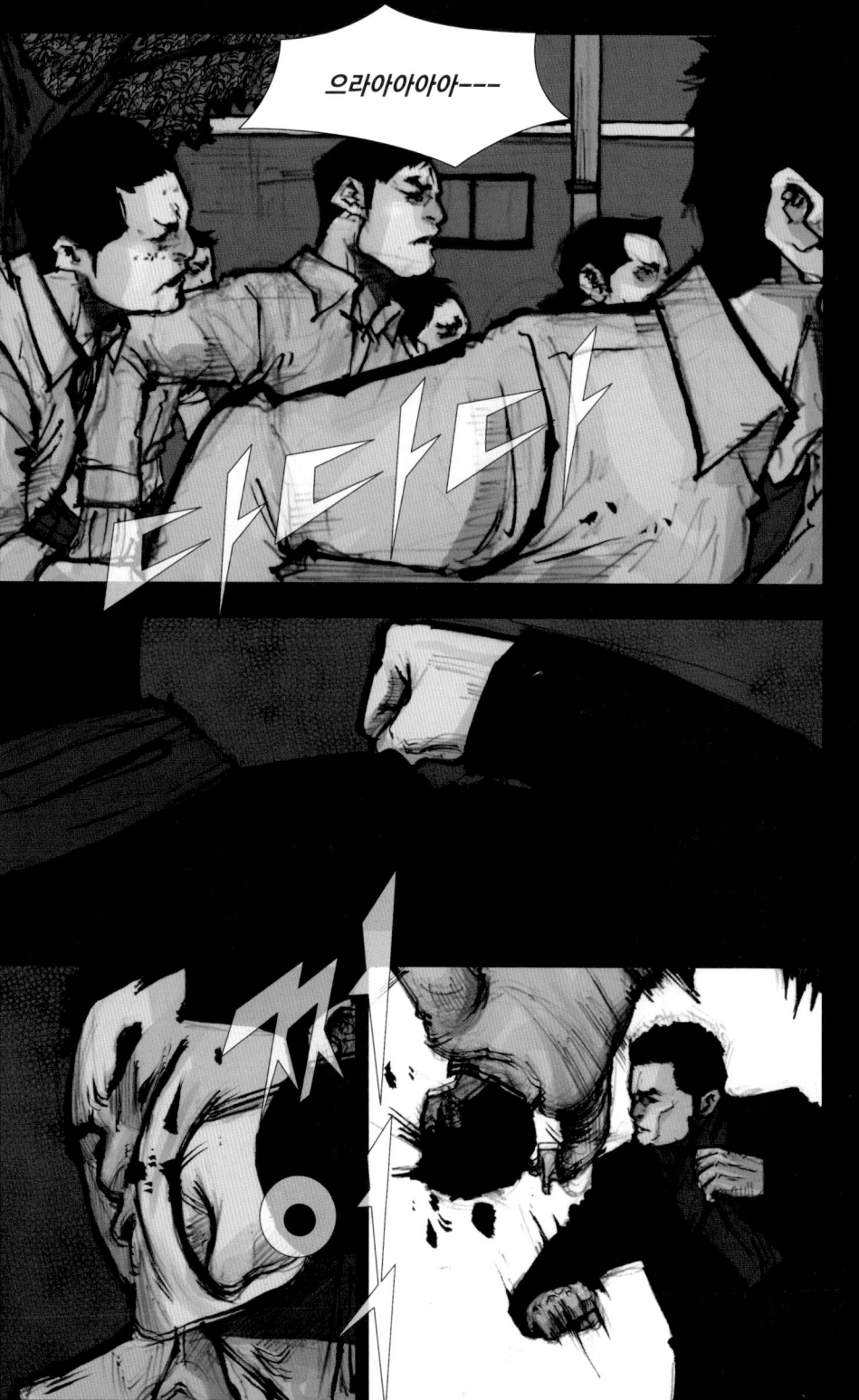
으라아아아아---
타다다다

쿵

놀랄 것 없다.

이제 시작이니까.

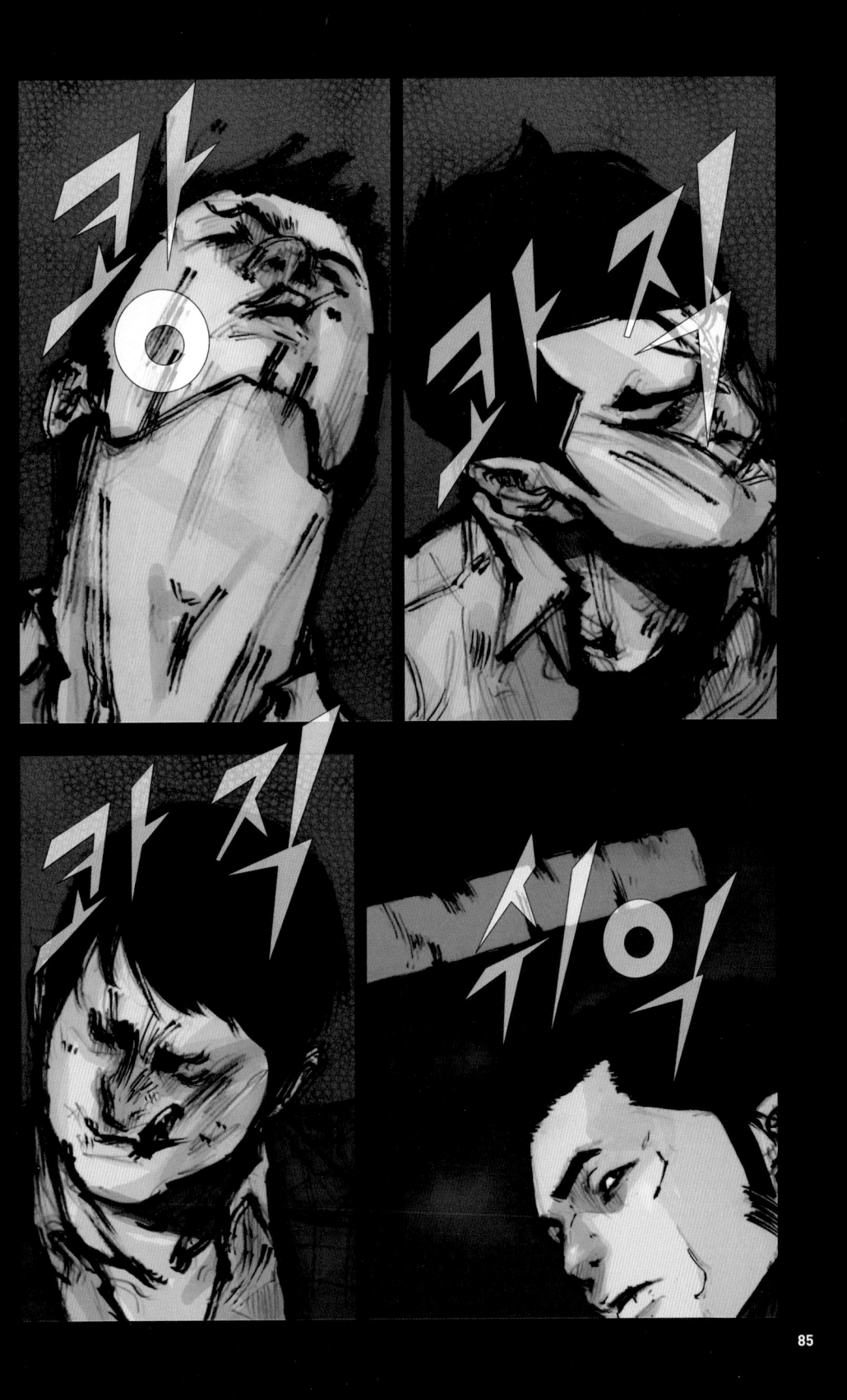
콰
콰지
콰직
쉬익

부웅
콰직

퍽
쩌억
피
이
쾅

…
저거…

벌써 멈춘 거냐?
제길, 어떻게 된 게
현덕고는 죄다 저 모양이지?

안 싸워?
내가 책임질 테니까
싸워!
야! 내일 우리
얼굴 안 볼 거야?

이야아아아--

부웅
피잉
콰아
이대로면 안 되겠어.
내가 나설 수밖에.
뭐? 네가 나서면
뭐가 달라지는데?
일단 봐.

앗!
찰칵
우리 학교
전통이다! 개새끼야!

기주 선배냐?
파앗
쿠직
큭…
쿠직

아자!
여기선 틀렸다.
일단 후퇴.

잡았어.
이 새끼 잡았어!
더 쳐!
피
이

다다다다
잡아!
다다다다
다다다다
잡아!
저 새끼 죽여!

헉… 헉…
생긴 건 처 늙어가지고 왜 저렇게 빨라?
놓쳤어?
응. 그래도 우리 학교 건들면 좆 된다는 건 느꼈을 거야.
이 정도론 안 돼.
완전히 발라야 했어. 모래만 안 맞았으면 이길 거라고 생각할 거란 말이야.

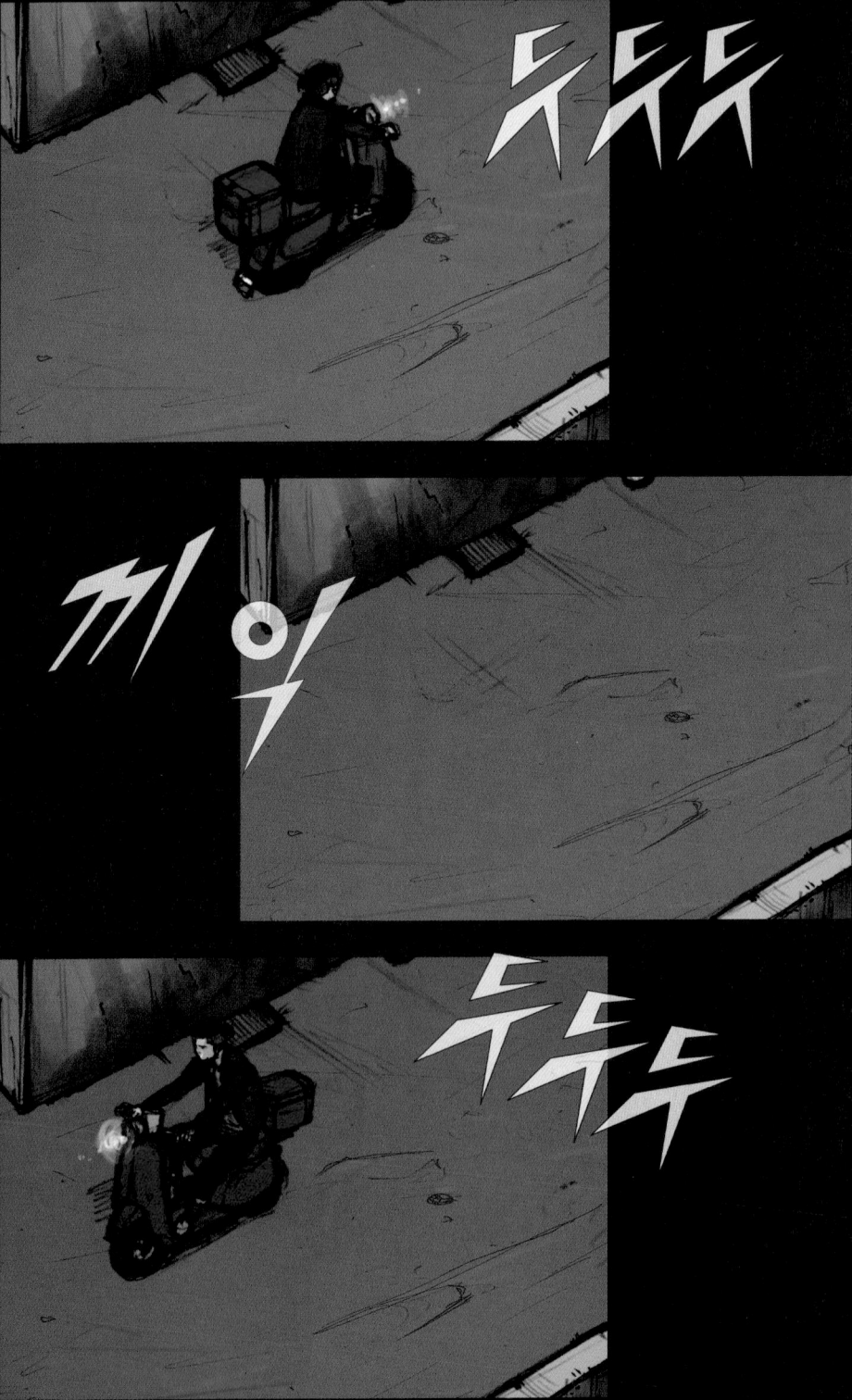
두두두
끼익
두두두

아… 놔. 쪽팔리네.
뭐냐? 설마 맞았냐?
맞기는 누가!
제대로 싸웠으면 내가 이렇게 될 리가 없잖아. 너도 알겠지만.
…

모르는데?
…
혹시 서북고연 알아?
서북고연? 왜?
그게 뭔지만 알면
내가 다 깨고 싶어졌어.
너도 같이할래?
아니.
난 안 싸울 건데?

…
별일은 없는 거지?
응.
그래. 혹시 병원에 실어 가야 하나 싶어서 봤는데 괜찮으면 갈게.
너 오늘 좀 얄미워 보인다.
나이 먹고 싸움질하려는 게 이상한 거야. 난 배달하러 이만.

두두두
…
…
아… 내 가방.

작가가 당영고를 만들 때

MEEN
비겁함도
18스푼 넣고
DANG
ZERO

모래도 좀
넣어볼까?
MEEN
DANG
ZERO

으아ㅏ아ㅏ
아아아앝
MEEN
DANG
ZERO

그렇게 해서 태어난
1세대 모래요정 이기주

끼익
뭐야? 주소 여기 맞는데?
저… 저기요.
피자 패밀리 사이즈에 파스타 하나 콜라 대 자. 24,900원입니다.
여… 여기요.

3만 원 받았습니다.
잔돈 드릴게요.
…세요.
도와…주…세요.
서북고연… 애들…이에요.
서북고연?

5,100원이요.

콱

너 지금 뭐 했냐?
아, 아니요. 그게 아니라.

너 지금 피자한테 도와달라고 했지?
아, 아닌데요.

소매는 왜 잡아?
딱

먹고 때려, 쌍년아.
밥상.
움직이지? 숨도 쉬지 마.
대답 안 하지?
네. 네.

너 오늘 좀 얄미워 보인다.
도와…주…세요.
끼익
402
여보세요?

아직 결정 안 했어?
소소한 즐거움. 어머니 잠깐 뵙고
나랑 놀다가 너 피자 배달.

나한테 왜 그러냐?

어? 왕자병 걸린 인간 같은 말투네.
이건 확실하게 하자.

내가 너한테 매달리는 게 아니라
널 간택한 거거든?

부탁 하나 해도 돼?
내가 나서기엔 상대가
여학생들이라 좀 그러네.

모른 척하기엔
자꾸 걸리고.

콜.

이제 이년 어떻게 할까?
원조 시킬까?
아, 씨발. 뭐야?

뭐야?

얘들이 동네 씨발년들이란 거지.
뭐? 씨…?
엄마는 네가 이러고 다니는 거 알고 있니?
이 언니 등장부터 도발 오지구요.
패드립이냐?

야… 너.
신경 쓰지 마.
쟨 안 끼어.
우리 서북고연인데
함부로 건드리면 안 될 텐데?
뭐래?
저벅
파ㅅ

카지지
...
이 말라비틀어진 게!

쾅
아아… 내 머리.
너보다 살 많거든?
머리카락 놔.
너 죽고 싶지 않으…

퍼억
퍼억
퍼억
그… 그만… 그만…
싫은데?
퍼
퍼
퍼
에?

벌써 기절했어?
근성 없는 년.
툭

우리… 서북고연이야.
너 가만 안 둬.
피
잇

뉘예. 뉘예.
알겠습니다아~

애들 또 괴롭히면 현덕고에서 고슬기 찾아. 그게 나야.
응. 내가 사후 서비스는 확실하거든.
혀… 현덕고 고슬기요?
고, 고맙습니다! 고맙습니다.

생물실
아… 컬이 안 사네.

컬이.
유림정보고 3학년
여자 짱 신윤정
왔어?
왜 보자고 했어?
드륵
어제 배성여고한테 시비 걸고
한 명 잡는 중이었다는데 갑자기
현덕고가 끼어서 방해를 했다네?
뭐? 현덕고가?
MIRO

쟤들 말로는,
이름이 뭐라고?

고… 고슬기요.
분명히 그랬어요.
현덕고 고슬기라고.

안 그래도
일한이가 현덕고 문제로
이사회 하자고 하더라.

거기 개꼴통 모여 있어서
거기랑 충돌하면 머리 아픈데?
…
뭐야? 서북고연이 겨우
현덕고 무서워하는 그런 거였어?

서북고연에 참여 안 하는 학교들 밟는다고 했잖아?
그래서 여학교는 우리가 맡기로 했던 거 아니냐고?
내가 전학 오기 전 동네에 개꼴통 형제가 있었거든?
응?
그 형제도 현덕고에 갔다는 이야기를 들었단 말이야.

그래?
이 형들이랑 충돌하면 답 안 나와.
한 명도 미친놈인데 둘이 붙어 다니거든.
이름이 뭔데?
반민찬, 반월현.
이 미친놈들
답 나오기 전엔 붙으면 안 돼.

끼익
?
지금쯤이면 집에 올 시간이라 그랬지.
혼자예요? 경찰들 두 명이서 짝지어 다니지 않나?
전화를 하시지. 무슨 일이에요?
퇴근하는 길이야, 인마. 그리고 나 반장 됐어. 네가 말하는 건 내 부하들이고.

들어가실래요? 차린 건 없지만.
아니다. 여기서 이야기할게. 너 혹시 그거 할 생각 없어?
그거라뇨?
배달 폴리스라고 들어봤냐?
아니요.
휴대폰으로 검색해봐. 간단히 말하면 배달하면서 여기저기 돌아다니다가 이상한 거 보이면 경찰에 알려주면 돼.
음…
이를테면 가출 청소년들 모여 있는 폐가나 모텔이라거나 그런 거 보면.
귀찮은데요. 저 그런 거 안 해요.

어머니 위해서
힘써주신 건 고마운데 그렇다고 하기
싫은 거 시키는 건 아니잖아요.
…
너 왜 이렇게
말투가 삐딱하냐?
사는 게 힘드네요.
요즘 이 근방에서 학교 폭력
사례가 자꾸 일어나고 있어.
애들이 무슨 학교 연합을
만들어서 그 연합에 들지 않은
학생들 상대로 삥뜯고 다니나 봐.
서북고연?
!
학부모들이
피해 신고를 하는데 정작 학교에 나가서
사례 조사해보면 0건이야.

애들이 무서워 하고 있단 거지.
애들이 입을 다물고 있어서 수사가 어렵다.
네가 다니다가 이상한 애들 보면…
형사님.
응?
그거 참 안됐네요. 근데 저랑은 상관없어서.
너…
안 들어오실 거면 이만. 내일 데이트도 있고.

데이트?
쾅
저 자식이?

다시 총수 액자로 가려버리든가 해야지.
너 눈빛 진짜 마음에 안 들거든.
난 너 아냐. 그렇게 보지 마. 나 혼자 내버려두지 말았어야지.

너라면 싸움도 못하는 게 오지랖 넓게 나섰겠지만.
난 이제 비겁하게 살기로 했거든.
...

너.
내가 엄마 말 안 듣기를 바라냐? 그건 아니겠지? 넌 효자니까.
아니지. 너 엄마 저렇게 만든 불효자잖아. 너만의 정의가 가족보다 더 중요한 그런 놈이잖아? 그지?
난… 너처럼…
…안 살 거다.

혁이 너어

귀여워

상여자

오… 교복 벗으니까
더 추레하네. 새 옷 좀 사라.
팩트로도
때리지 말라 했거늘.
어머니는 뵙고 왔어?
내일 봉사하러
가기 전에 뵈려고.
오늘은 뭐.

천 원에 두 개?
이거 사줄래?
1000
어?
뭐야? 천 원 없어?
여기.
이거 사줬으니까
밥은 내가 살게.
돈 없다고
봐준 거구나.
다 왔어.

하이.

왔어?

일한이도 현덕고랑
충돌이 있었대.
충돌은 무슨.
이세운이라는 놈인데 내가 잡았어.
근데 나한테 쫄아서 튀는 거야.

대전 먹고 왔다더니 좆밥이네.
그 새끼는 내가 다음에 확실하게 밟는다. 리매치 해야 돼. 비겁하게 도망이나 치는 진따 새끼.
그나저나 늦네.
누구?
서북고연 특별 회원으로 누굴 초빙했어. 얼굴 한 번 보는 데 20만 원이나 줬다.
부아앙
부아아아

부아앙
끼이
NUDIE JEANS
투게더 트레블
진달래 영토

도대체 이 새끼는
우리가 누군지 알고
오라 가라 부른 걸까?

왜 그래? 형.
이제 사람답게 살기로 했잖아.
20만 원이면 괜찮은데?

도대체 어떻게 생긴
진따들인지 보러 가자고.
난 궁금하다니까?

넌 토익 시험 언제 볼 거야?
벌써 그런 거 생각해?
당연하지. 취직하려면 지금부터 계획 세워놔야 돼.
아차 하면 순식간에 도태된단 말이야.
어? 잠깐만.
혁아!
종일아.
?
잘 지내?

태진이가 얼마 전에
전화 왔었는데 너 빼고 놀자고 하던데?
너 맨날 여자들이랑 하하호호한다고.
여자친구?
같은 반 친구.
안녕하세요.
고슬기입니다.
뭔 소리야?
아 예. 안녕하세요?
그쪽은?
주서희라고.
발표 과제 있는데
같은 조원이야.
안녕하세요?

예. 안녕하세요?
종일이 친구인가 봐요. 어느 학교 다니세요?
현덕고요.
현덕… 네?
사정이 있어서 올해 고등학교 입학했어요. 중학교 졸업 자격을 늦게 얻었거든요.
아…
예란이랑 만났다며?
응. 친구 먹기로 했어. 근데 새학기 시작하니까 각자 자기 과에서 놀기 바빠서. 어머니는?
어머니? 나중에 뵈러 갈 거야.
저기…

저희가
자료 조사할 게 있어서.
아, 죄송합니다.

나중에 보자.
그래. 연락하자.

누구?
내 친구 중에 제일 잘된 놈.
무려 대학생이거든.

대학생? 환상 속에서만
존재한다는 대학생? 와,
대학생 친구도 있어?

사람을 뭐로 보고?
나도 원래 공부 잘했어.
오오. 공부부심?
근데…
응?

내가 촉이 좀 좋거든.
친구 옆에 있던 여자
얼굴 똥 씹는 거 봤어?
응? 언제?

'현덕고' 할 때.
설마 내가 종일이한테…
창피한 사람이 된 건가?

그러니까 서북고연 특별 회원에 넣어줄 테니
현덕고를 잡아달라는 얘기?
예. 달에 300 드릴게요.
달에 300이면 두당 150이네.
너무 많이 주는 거 아냐?
에헤헤…

좋아하지?
반어법이다, 십새야.
키키킥.
이 새끼들 쫀 거 봐.
크크크큭큭.
계획이 뭐야?
지금부터 현덕고를
사냥할 건데요.
꿈도 크지. 거기
너희 수준 아니야.

예. 그래서 부탁하는 거죠.
먼저 이세운부터 잡아주면 좋겠습니다.

이세운?

야야. 그게 뭔 소리냐?
호스피스 병동으로 옮겨야 돼. 환자가 살 의욕이 없어. 그리고 금액도 지금으로는 어렵지 않겠니?
그건 네가 잘해주기로 했잖아. 형사가 무슨 돈이 있냐? 걔도 한 달에 30씩 가지고 오는 거 힘들어.
내과
이지웅
한 달 알바해서 100만 원 정도야. 거기서 병원비로 30 내고 월세 40 떼고 30 가지고 한 달 살아.
그러니까 호스피스로 옮기라고. 법이 바뀌어서 말기암 환자에 건강보험 적용되면 한 달 부담이 생각보다 크지 않아.

그거 연명 치료하는 거 아니잖아.
환자가 사는 데 의욕이 없다니까?

아… 이 새끼, 진짜. 그래 그래, 내가 조금 더 낼게.
치료 좀 더 하자. 응? 1년 본다더니 벌써 포기하면 어떡해?
과
이지웅
드륵
하여간 인마. 너 그렇게…
과
이지웅
언제 왔어?
방금요.

들었냐?

...

휴게실
넌 하던 대로 30씩만 가져와.
나머진 내가 다 책임질게.
...

근데 오늘 왜 이렇게 늦게 왔어?
데이트라고 했잖아요.
진짜였어? 너 같은 놈 좋아하는 여자도 있어? 허허.
그러게요. 나 같은 가난뱅이한테.
에이. 자식 왜 그래? 데이트면 좀 더 있다 오지?

그러려고 했는데 좀 울적한 일이 생겨서요.
그래?
근데 왜 이렇게 잘해주세요? 저한테?

미안하잖아.
뭐가요?
네 형. 2년 전에 맞아 죽은 거.
그거 우리가 수사를 제대로 못 한 거잖아.
그게 좀… 마음의 빚 같은 거다.
이놈아.

...
걱정 말고 넌 하던 대로 해.
어머니 뵈러 가. 난 간다.
형사님.
응?

그거 도와드릴게요.
뭐?
배달 폴리스…

할게요, 그거.

이 정 숙
원 앙
엄마.
오늘 좋은 일과
안 좋은 일이 있었어요.
좋은 일은…
저 좋아하는 여자애가 있어요.
그 애랑 데이트했고요.
원래 엄마 내일 보려고 했는데
안 좋은 일이 생겨서 왔어요.
그래도 엄마 보러 왔으니
잘된 건가?
안 좋은 일은…

…
어렸을 땐 몰랐는데
스무 살이 되니까 제가 점점…
낙오자 같아요.

이세운은
내가 잡는다니까?
그래도 그 형제들
실력은 확인해봐야지.
야. 걔네들 이세운 못 잡으면
내가 확 잡는다?
그래, 그래.

그땐 아무 말 하지 마.
어휴… 등신.

걘 어떡할 거야?
고슬기.
반민찬이
여자애들 몇 명 있다고 했잖아.
고슬기 까면 100 더 주기로 했으니까
그냥 기다려.

왜 그렇게
복잡하게 하는 거야?

바보냐?
뭐?

지들끼리 싸우게 하면
우리가 나설 이유가 없어.
현덕고 정리되면 그 형제는
우리가 다굴 치면 되고.

원래 푸른이를 이렇게 쓰려고 했단 말이야.
하도 돈을 밝혀서 빨리 처리한 거지.
잔대가리 하나는 진짜…
왜 실업계 왔냐?
나 진학할 건데?
하여튼 우린 앉아서
꿀 빠는 거지?

당연하지.
세상 이치가 머리 나쁘고
힘 세면 노예라니까?
세상은 머리 쓰는 놈들이
이기는 거라고.

이제 오냐?
어? 너 왜 이리 일찍 왔어? 밥 준대?
맘이 싱숭생숭해서 잠을 못 잤다.
왜? 밥 굶어?
어이.

준비!
땅!
와아아아!

저 바보들이 오면
애들이 진짜 좋아해.
딱 지들 수준이거든.
연희는?
요즘 울적해.
푸른이가 안 와.
학교도 안 나오는데.

연락하면
아무 일 없다 그러고.
연희한텐 아무 말도
하지 말라 그러고.
...
좀 있으면 휴대폰 끊기니까
연락 못 할 거라고 하더라고.
뭔 일이 있나?
됐어. 나랑 그렇게
친한 것도 아니고.
누가 뭐래?

어디 사는지 알아?
흠흠. 가만 보면
너도 참 마음이 여린 것 같아.
언제 가려고?
오늘은 안 되고. 다음 주.
같이 가자.

끼익
아아
뭔데?

고슬기지?
현덕고 박선영, 이진화
너 유림 애들 건드렸지?
뭔가 했더니.
따라와라.
대화 좀 하자.
저건 뭐야?
참관인.

빨리 끝내라.
응.

나한테 한 말이잖아. 그지?
...
이 허세를 들어줘야 하니? 뭐 해?
탁
앗!

찌익
찬아악

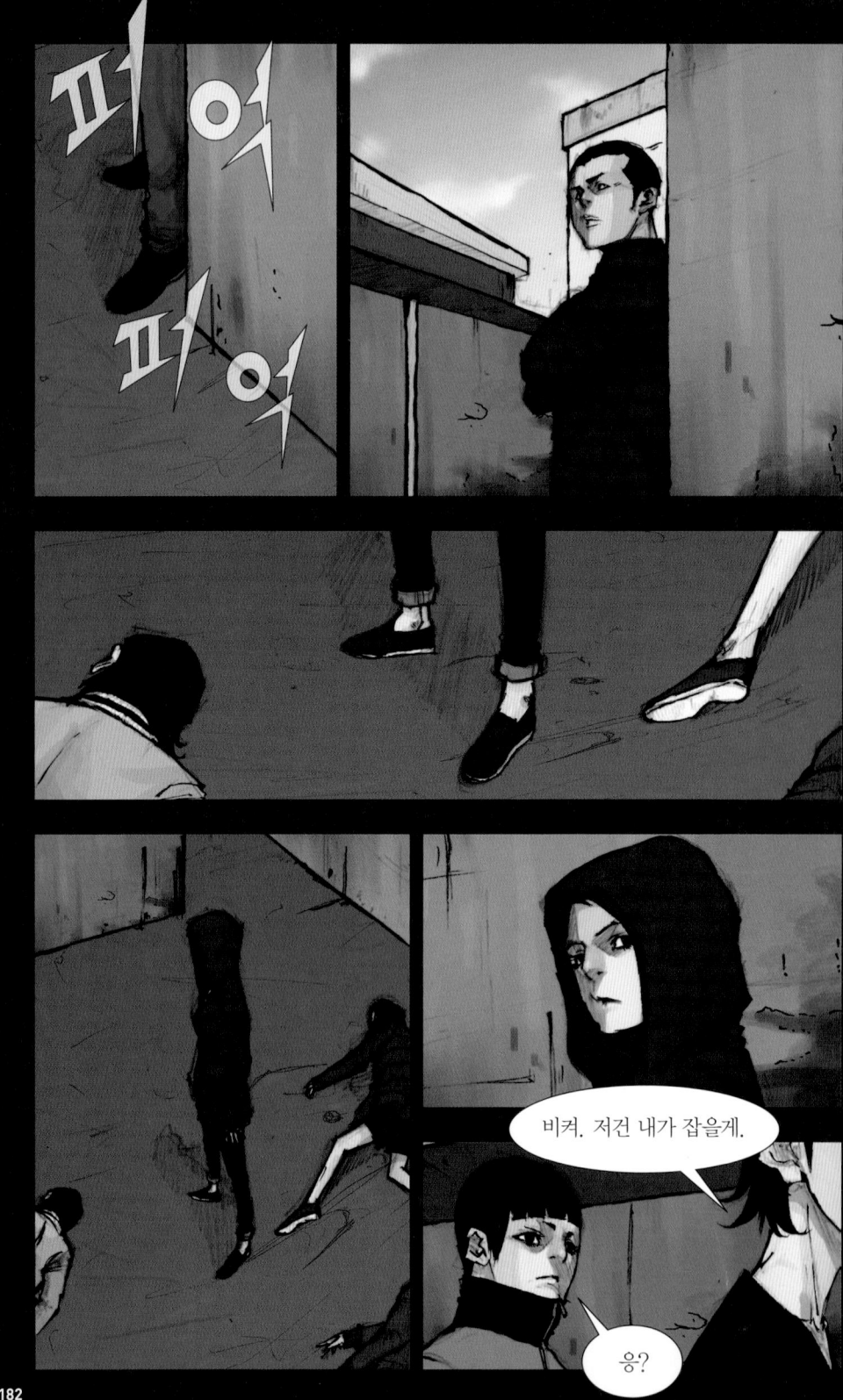
피
이
피
이
비켜. 저건 내가 잡을게.
응?

처음부터
네가 나오지 그랬어?
어찌나 개폼을 잡는지 보기 싫어
죽는 줄 알았잖아.
넌 네가 제법
친다고 생각하겠지?
뭐?
세상은 넓고
사람은 많단다.
지랄.
탁탁탁

시이
피

쉬익
피슉

쩍

태권도 배웠어?
이년 좀 오싹하네.

제법이긴 하네.
?

피
찌
와당탕

역시 선영이…
와…
벌써 누우면 안 돼.
아직 안 끝났거든.
쌍년이 사람
열 받게 하네.

그렇게 나온다 이거지?

아 놔… 진짜.
빨리 끝내라니까 병신 같은 것들이.
뭐?
아직 시간 있잖아.
됐거든?
뭐야? 여자 싸움에 왜 끼어들어?
이게 싸움이야?

꺽…!
이거 학살이야.

짜
짜
짜
짜
짜
짜
비틀
꾸우
콰직

쿠아
피잉

아프냐?
콜록… 콜록…
서북고연 건드리지 마라.
꾹꾹
커억… 커억…
다음엔 어디 한 군데 부려뜨려놓을 거니까.
찰칵
찰칵

커억… 커억…
찰칵
엄살은. 여자라고 세게도 안 쳤구만.
어. 사진 봤지? 완료했으니까 입금해라.

넌 시간 초과니까 20이야.
야. 반도 아니고.
뭐? 내가 다 가져?
어, 형. 여긴 완료. 그쪽은?

아직 안 왔…
아니,
저기 오는 저놈인가?

이세운이지?
뭐냐?
잠깐 보자. 따라와.

뭐 하는 놈이냐고?
서북고연 알지?
너 좀 잡아달란다.
어이가 없네. 앞장서라.

뭐야?
형님. 이세운도 오늘 잡는다고 하셨죠?
이제 잡을 거야.
일한이가 이세운 잡는 거 꼭 보고 싶다고 그러는데요.
걘 학교 안 가냐?
지각해도 된대요. 좌표 좀…

아직 멀었냐?
다 왔다.
긴장할 거 없어.
그냥 처맞으면 되니까.
Boxing
gym

철컥

운동하는 놈이냐?
몸이 근질거려서.
올라가.

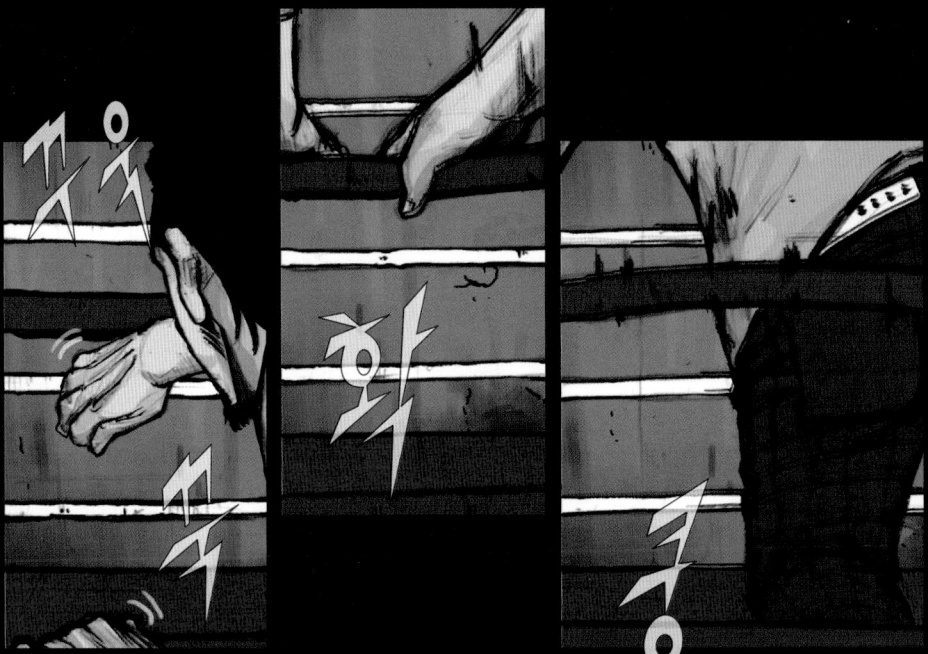
꼭
쥐
확
쿵

그래도 넌 좀 대결 같다.
그래?
남자 둘이서 승부 내기 이만한 데가 없지. 딱 사각 링 안에서 도망갈 데도 없고.
도망?
처맞다가 도망쳤다며?
하! 이런 식으로 소문이 나는 거네.

와라.
그럴까?
다다다다
탁
오. 막았어?

이 정도 실력으로 깝친 거냐?
콰지직
콰지직
쩌지직
허세는.
시익

피이이
이이
지지지
이이
쿵

피
콰지
붕
콰지

!
쉬이
쾅

콰지직
끅.
쓰윽
시이익

콰직
콰
내 차례지?

윽.
비틀
끝내주마!

1
1
어. 슬기.
나… 좀…

나… 좀… 도와줘.
!

쉬익
탁
탁
그래도 좀 하는구나.
건방지긴.

끼익
뭐야?
아직 안 끝났네?
생각보다 잘 쳐.
저건 왜 달고 왔어?
잡는 거 꼭 지 눈으로
보고 싶다나?
하여튼 생각보다
오래 걸리는 놈이면
빨리 끝내야지.
뭐냐? 2대 1이냐?
생긴 것처럼 비겁하네.
그래?

이게 형제라는 거다.
설명해줄 필요 없어.
부웅
콰
끅!

콰작
와당탕
뭐야? 별거 아니잖아?
그러게.

이거… 둘이 되니까 두 배가 아니라 서너 배 어려워진 기분이야.
둘이 꼭 한 몸같이 움직인다. 합이 너무 좋아.
뭔 짱구를 그렇게 굴려대고 있냐?
각각의 기량도 수준 이상이다. 이거… 쉽지 않겠는데?
빨리 끝내자, 형.
그래.
시이

피
이
콰

콰지직
컥!

ガ
ッ

파스

다다다다

탁!

콰직!
콰직!
쿠!

끄으...

이게 형제라는 거다.
피를 나눈 사이가 아니면 절대
흉내 낼 수도 없는 그런 거지.
쿨럭… 쿨럭…
피이이

와… 역시.
너 이리 올래?
예.

개새끼. 나한테 쫄아서 튈 때부터 알아봤다.
서북고연 건드리면 이렇게 되는 거야.
맞아 죽기 싫으면 서북고연에 까불지 말라고.

사진 찍어줄까?
예.
찰칵
끅
끝났네.

야.
너희가 가장
강하다고 생각하고 있겠지?
그런데 그거 알아?
이 새끼…
가만. 계속 떠들게
내버려둬봐.
우리 학교에
독고가 있다.
!
독고가 뭐야?
양아치인가 보지.
새롭게 살려고 지금은
실력을 감추고 웅크리고 있어.
하지만 이런 식이면 곧 독고가 나설 거다.
너희를 용서할 정도로
독고가 바보는 아니거든.

독고가 나서는 순간
너희는 전부 끝이야.

너희는 전부
바닥에 처박힐 거다.

최고 중 최고니까!

민증검사 프리패스

이구역 노안 대장은 나야
두명은 필요 없어
너해
너하라고
너 다해
말 걸지마 불쾌해

그래? 그럼 그 독고라는 녀석 불러. 이렇게까지 건방지게 나불거리는 걸 보면 친하겠지?
이 새끼 약 판 거야.
뭐?
내가 김두한이랑 친구다. 뭐 이런 느낌이지.
약 판 게 아니야.
꾸우

지금 전화해.
안 그러면 죽어.
끼익
콜록… 콜록…
몰라…

콜록…
치이
콰지

어떻게 된 거야?
서북고연…
그년들 기억나?

서북고연.

걔들이 사람 쓴 거 같아.
아… 배야.

병원 가자.
안 돼.

왜?
엄마가 걱정해.
나 요즘 학교 잘 다니고 있다고
좋아하신단 말이야.
모텔 같은 데 잡아서
그냥 누워 있고 싶어.
모텔비가 없는데.
혼자 산다며? 집에 좀
누워 있으면 안 돼?
...

뒤리리리
뭐?
...
그러든지.
도로 나가서
택시 잡자.
으응...
뒤리리리

어.
주말에 푸른이한테 갈 필요 없어.
나 지금 푸른이 집이야.
응?
편지 한 장 써놓고 나갔대.
백두
고시원
무슨 소리야?
난들 아냐?
이 자식 어디서 거지같이
다니고 있는 것 같은데
갑갑하네.
돌아와서 꼭
밀린 방 값 갚겠다고.

듣기로는
서북고연 애들한테
당했다는데.
또 서북고연!

요즘 이 근방에서
학교 폭력 사례가 자꾸 일어나고 있어.
애들이 무슨 학교 연합을 만들어서
그 연합에 들지 않은 학생들 상대로
삥 뜯고 다니나 봐.

이 정도면 더 이상
남의 일이 아니야.

우당탕
끝난 것 같으면 일어나고
일어나고 귀찮은 놈이었어.
대전 먹고 온 거 맞나 봐.
그래봤자 우리한테 안 되지만.
이제 뭐 하지?
현덕고 정리하자.
현덕고?

그러다 보면 저게 말한 독고도 만날 수 있겠지.
...

얼마나 잘 치기에
약을 팔아대는지 궁금하잖아.
안 그래?
하긴,
현덕고 떨거지들 다 정리해야
돈을 계속 받을 수 있으니.
킥킥.
이거 돈 벌기가
왜 이렇게 쉬워?

신세 좀 지자. 난 학교에 가야 해서.
알았어. 가.
그래.
난 지각이라 급해서 이만.
가라고.
다다다다

탁
탁
탁
탁
늦었어. 제길.

어이. 어이.
야. 이거 어디 교복이냐?
서북고연은 아니야.
그지? 팀킬 아니지?
돈 좀 주고 가라.
우리 서북고연이야.
!

아오. 이 새끼.
얼굴 굳은 거 봐.
쫄았냐? 응?
어쩔 수 없잖아.

단숨에 끝낸다.

아침 안 먹었어요?

그냥…
몇 살?
열아홉이요.
언니라고 불러. 저기 밥솥에 밥 있으니 퍼 오든지.
잘 먹겠습니다아!

뭐야? 멀쩡하네.
아깐 진짜 아팠는데 괜찮아졌어요.
존댓말 어색해. 그냥 말 놔.
그럴까? 난 고슬기. 넌?
언니라고는 부르고.
언니는?
박한솔.
이름 예쁘다.

얼굴도 예뻐.
…
왜?

자뻑인데 멋있어.
자기 입으로 그런 말 하기
쉽지 않잖아.
사실이니까.

와… 언니. 포스가 느껴진다.
혁이랑 어떻게 알아?
걔 형이랑
사귄 적이 있어.
쌍둥이거든.

아… 깨지고 난 뒤에도
동생이랑 연락하는 거야?
죽었어.
쌍둥이라서 얼굴이 같으니까
내가 심심하면 불러. 혁이 피자집
알바하거든.

아… 그래서 반찬으로 피자가.
물려서 요즘은 그냥 버리는데 가끔 한 조각씩 먹어. 가성비 헬이야.
똑같이 생겼으면 혁이도 좋아하겠네?
아니. 그런 건 아냐. 그냥 요즘은 오래 사는 남자가 이상형이야. 넌? 혁이 좋아해?
응. 얻어 맞는 게 좀 그런데 생긴 건 괜찮잖아.
에?
걔가 얻어 맞는다고?
응.
이게 어디서 발연기를 하고 다니는 거야?

서북고연이란 말은
안 하는 게 좋았어.
뭐?
그냥 갈 수도 있었어.
그런데 확인할 게 생겨버렸잖아.
뭐라는 거야?
야, 뒤져.
새끼가.
하!
이 존만이가
사람을…

어… 어지러…
쿵
설마…?
뭐야? 왜 이래?
데데다다

개새끼!

쾅
이단타

이 씨.
절컥
절컥

내가 피는
안 보려고 했다.
개새야.

몇 년 전에.
뭐?
내 친구들과 어울려서 매일같이 서로 치고 박고 하면서 산 적이 있지.
갑자기 헛소리야?
그때 손에 뭔가를 잡기만 하면 장난 아닌 녀석이 있었어.
덕분에 어지간한 칼 따위는 우습게 보여.
미친놈이. 이 상황에서 무슨 입을 털어?
다다다

꾸욱
놔라!
좋은 말 할 때!
쩌억
씨익

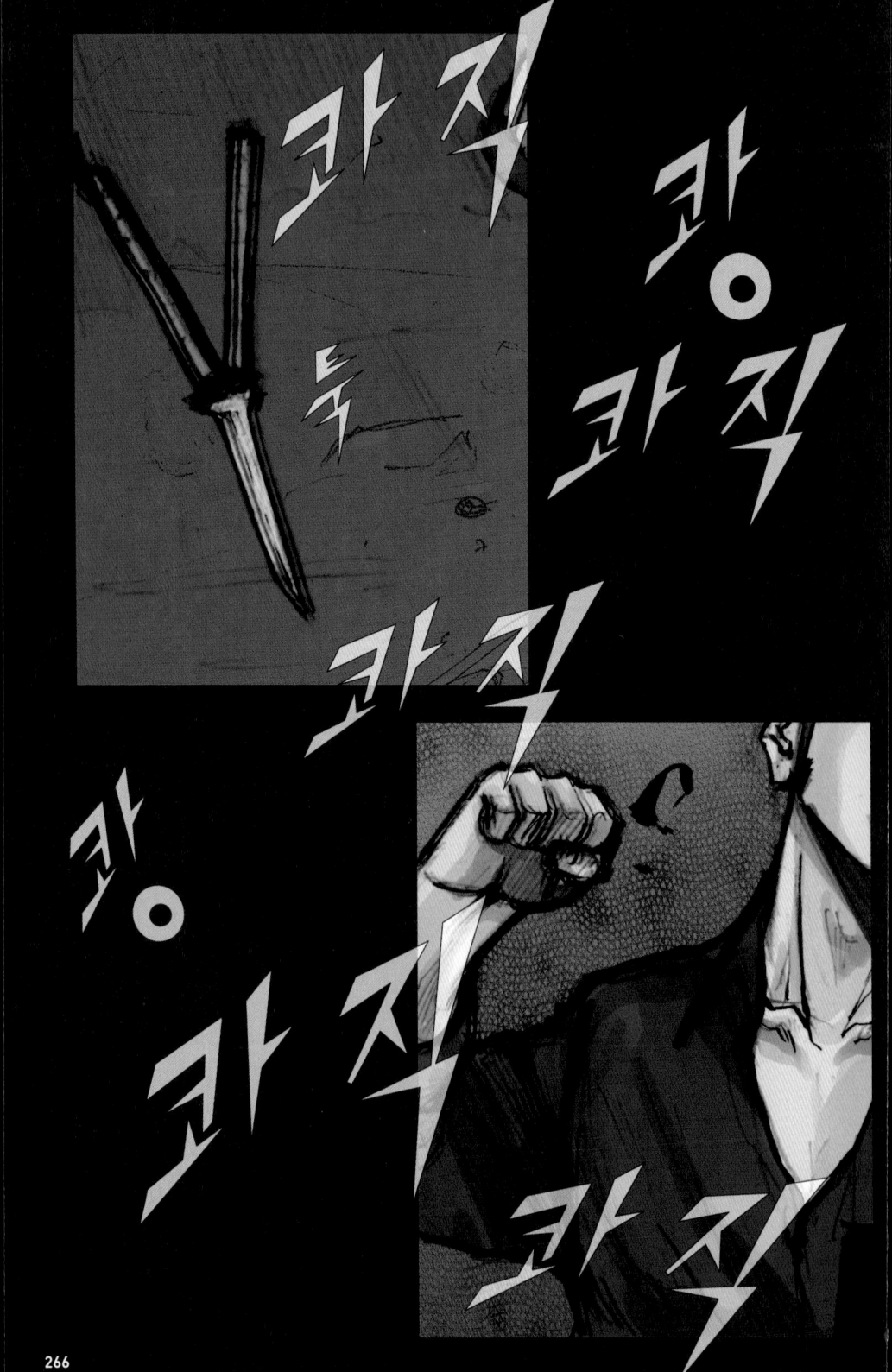
콰직
쿵
콰직
툭
콰직
쾅
콰직
콰직

툭
끅.

끙…
너희 때문에 지각해버렸어.
예?
이미 늦은 시간인데…
…
죄… 죄송합니다.

서북고연이라고?
아, 아닙니다.
여기서 서북고연 이름 팔아야 뻥을 뜯을 수가 있어서 이름만 판 거예요. 진짜 우리 그런 거 아니에요.
진짜예요. 진짭니다.
조용히 해.
서북고연이 뭐냐?
그게 원래 작년에 동진고 주축으로 만들어진 건데 여러 학교 연합이고요.
지금은 연합에서 대신공고랑 배성여고 떨어져 나간 상태라고 들었습니다.

그래서 어느 학교데?
기천고, 당영고, 동진고, 유림정보고, 한창공고… 빠진 거 있냐?
대티고.
아 맞다. 대티고.

누가 주도하는 거야?
유림정보고…요.

야. 근데 실력은 강희성이 넘사지?
백푸른한테 발린 거 모르냐?
유효타는 강희성이 더 많이 넣었어. 너클 끼면 강희성이 이길 거야.

누가 내 앞에서 전투력 토론하래?
메모 열어서 각 학교에 누가 대가리이고 어떻게 운영되고 있는지 써라.
예? 운영은 잘 모르는데…
아는 대로 써.
그, 그런데 형님. 그거 어느 학교 교복이에요?

현덕고.
그럼 형님이 개꼴통…
혀… 현덕? 꼴통들만 모인다는!
아, 아닙니다. 열심히 쓰겠습니다.

반박 불가

박스에 쿠폰 있음

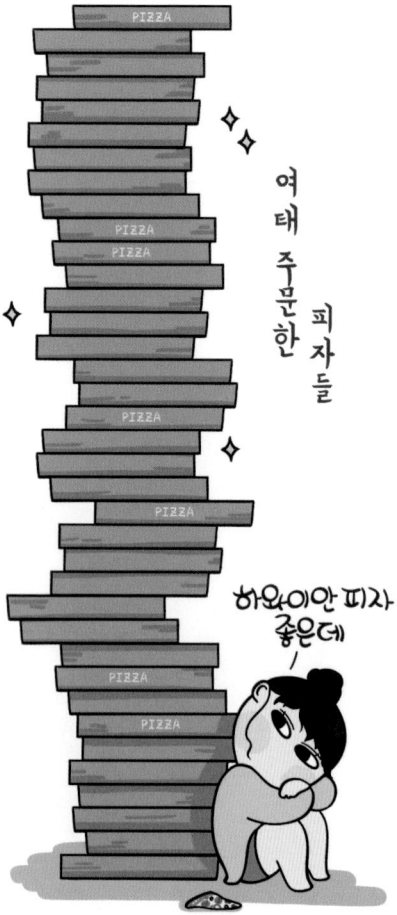
PIZZA
PIZZA
PIZZA
PIZZA
PIZZA
PIZZA
PIZZA
PIZZA
여태 주문한 피자들
하와이안 피자 좋은데

뭐야?

고슬기 왜 안 와?

강혁도 안 보이고.
뭐지?

아… 씨.
오늘은 나 혼자잖아.
짜증 나게. 학교를
안 나오고 지랄이야.

아, 안녕하세요?
오늘은 같이 다니는
친구 안 보이네요?

학교 안 왔어요.
우리 반에 벌써 세 명이나
안 왔어요.
세 명?
백푸른, 강혁, 고슬기요.
음?
강혁이 벌써 학교를
포기할 성격은 아닐 텐데?
백푸른은 조용하다 했더니
역시 안 되는 놈인가 보군.
그것참.
다들 마지막 기회일 텐데
왜 그러는지 아쉽네요.

그러게요. 제가 좀 들어드릴까요?
아니, 괜찮아요. 그럼.
아.
우르르
아… 이런.
헤에. 도와드릴게요.

이사님은 되게 착한 분 같아요.
제가요?
네. 재단 이사
월급도 없다면서요?

상근직은 연봉 있습니다.
아…
학생도 얼굴만큼 마음씨가 예쁘네.
현덕고에 온 게 믿기지 않아요.
헤엣. 감사합니다.

그럼.

꺄아아아아…
나 보고 예쁘대애애애애~~

이 학교에 온 걸 보면
쓰레기처럼 살았던 년일 테고…

무료하던 차에
장난감 하나가 생긴 것 같네.

기천고- 강희성.
너클을 가지고 다닙니다.

부짱 박석호. 전통적으로
기천고에 네임드들이 많이 갑니다.
정상대, 김병건 딴 학교 갔으면
짱 먹을 애들.

당영고- 박일한. 부짱 박철순.

대티고- 여철희(2학년).
슈퍼베이비. 독보적입니다.

동진고- 장두수. 동진고는
공식적으로는 참여 안 하고
장두수 개인이 참여하고 있습니다.

유림정보고 남자 짱 서보성.
여자 짱 신윤정.

브레인 김종석. <-- 뭐 하는 놈인지 모르는데 꼭 같이 다님. 주먹은 좆밥이란 말이 있는데 확인된 건 없음.
백푸른. 퇴학당하고 형님 다니는 현덕고에 갔습니다. 서북고연에 까였다는 소문이 있음.

한창공고- 남자 짱 이민협.
여자 짱 서희연.

남자 부짱 한지훈. <--- 주먹은 사실상
일짱이라는 말이 있습니다.

저기 형님. 근데…
왜?
이거 어쩐지
벽에 쓰고 싶은데?
혹시 얘네들
다 깔 거예요?
신고할 건데?

그냥 까면 안 돼요?
깔 때 옆에서 구경하고 싶은데.
오늘 형님 실력 죽이던데.
헛소리하지 말고
서북고연에 대해 뭐 아는 거
생기면 연락해.
예. 형님.
살펴 가십시오!
와 씨. 대박.
후아아아…
나 처맞으면서
팬 된 거 처음이야.

작년에 서북고연 1기들이 1기 회장한테 처맞고 오히려 팬 됐다던데 이런 기분일까?
야. 방금 그 형이랑 1기 회장이랑 싸우면 누가 이기냐?
몰라. 근데 우리한테 이겼으니까 저 형이 이기는 걸로 하자.
형은 맞아?
…
나이를 안 물어봤네…

이 주변 전체가
서북고연 때문에 난리야.

더 두고 볼 수 없어.
거기다 형사님이 날 그렇게
도와주는데 외면할 수도 없어.

여보세요?
예. 형사님.
메모 캡처해서 보내드릴 테니까
얘들 다 잡아넣으실래요?

응? 뭔 소리야?
서북고연이라고 학교 연합이요.
운영진 알아놨어요. 얘들만
족치면 될 것 같은데요.

야야. 그러고 싶어도
쟤들이 애들 괴롭혔다는 증거가 있어야
수사를 시작하지. 당사자가 고소를 하든가.
너 혹시 쟤들한테 맞았냐?

설마요. 지나가는 애들
아무나 붙잡고 피해 사례
수집하면 되잖아요.
내가 전에 이야기했지?
피해 사례 조사 나가면
0건 나온다고.

애들이 보복이 무서워서 말을 안 해, 말을.
그럼 공식적으로는 피해 사례 0이네요?
그렇지.
비공식적으로 일어나는 일인 거네요?
그래. 그러니까 지나가다 학폭 사례 보면 넌 신고만 해.
신고하고 경찰 오기까지 기다리고 있으면 다 튀죠.
...

드릴 말씀이 있는데요.
뭐?
비공식적으로
해결하는 건 괜찮나요?
뭐?
지금 공식적으론 아무 일도
안 일어나는 평화로운 동네니까
동네 이미지 재고를 위해서.
일단 공식적으로 답변할게.

안 돼.
비공식적인 답변은요?
...
CCTV 걸리지 마.

부탁 하나만 해도 됩니까?
해.
어머니께 말하지 마세요. 제가 후처럼 공부 열심히 하면서 살기 바라거든요.
지금 제가 하려는 것도 공부 편하게 하려고 하는 겁니다. 주위 싹 정리하고 전 공부…
야야. 뭘 그렇게 너답지 않게 늘어놓냐?
난 '공식적으로' 아무것도 모르는데. 너 '공식적으로' 싸우고 다닐 거야?
'공식적으로' 끊겠습니다.
이거 잘하는 짓인지 모르겠다.

문제는 작년엔 태산고 하나였지만 지금은 범위가 넓다는 것.
비공식적으로 조용히 해결하려면 작년에 썼던 방법으로 접근하는 게 가장 좋다.
너도 같이할래?
그렇다고 세운이 방식은 사람이 많이 필요해. 거기다 한계가 있다.
금방 누가 누구와 대립하는지 노출되고 금방 보복전을 치러야 한다.

시간이 오래 걸리면 내 공부에도 방해된다.
그러니 빨리 해결하는 것도 중요해.
그러려면 역시…
야. 이제 이 동네 안 올 거다.
각자 알아서 살자.
뚜리리리
엇! 형님.
예? 진짜예요?

P 씨
다다다
다다다
목표를 포착했다.
야야! 메트릭스!
디바 뭐 하냐!
기천고 3학년 정상대
왔냐?
예. 여기.

그래. 내가 삥땅 치는 거 희성이한테 말하면 죽는 거 알지?
예. 선배님.
야. 근데 10만 원은 계좌로 들어왔더라?
예?
내가 증거 남으니까 디지털 말고 아날로그 방식으로 가져오랬지?
죄, 죄송합니다.

일부러 너 증거 만들고 있지? 나중에 나 신고하려고? 아, 졌다.
아, 아닙니다.
흡연실
휙

잘하자? 응?
예. 옙.
형님. 정상대부터 잡으시죠.

PC방에서 맨날 고급시계 하고
딱 강자한테 약하고 약자한테 강한 얍삽이라
형님이 원하는 내부 정보원으로 딱입니다.
와 씨. 저 방금
엄청 고급스러운 말 한 거 같아요.
내부 정보원이래. 와… 나
어휘력 미쳤나 봐.

3권에서 계속

독고2 2

초판 1쇄 인쇄 2019년 6월 27일
초판 1쇄 발행 2019년 7월 15일

지은이 민 백승훈
펴낸이 김문식 최민석
편집 이수민 김현진 박예나 김소정 윤예솔
디자인 손현주
편집디자인 김철
제작 제이오

펴낸곳 (주)해피북스투유
출판등록 2016년 12월 12일 제2016-000343호
주소 서울시 성북구 종암로 63, 4층(종암동)
전화 02)336-1203
팩스 02)336-1209

© 민·백승훈, 2019

ISBN 979-11-88200-80-1 (04810)
979-11-88200-78-8 (세트)

- 뒹굴은 (주)해피북스투유의 만화 브랜드입니다.
- 이 책은 (주)해피북스투유와 저작권자와의 계약에 따라 발행한 것이므로 무단전재와 무단복제를 금지하며, 이 책 내용의 전부 또는 일부를 이용하려면 반드시 저작권자와 (주)해피북스투유의 서면 동의를 받아야 합니다.
- 잘못된 책은 구입하신 곳에서 바꾸어드립니다.